KB137982

채우지
못한

채우지 못한

초판 발행 2019년 12월 17일
지은이 호수문학회

펴낸이 안창현 **펴낸곳** 코드미디어
북 디자인 Micky Ahn
교정 교열 오재령
등록 2001년 3월 7일
등록번호 제 25100-2001-5호
주소 서울시 은평구 갈현로 318-1 1층
전화 02-6326-1402 **팩스** 02-388-1302
전자우편 codmedia@codmedia.com

ISBN 979-11-89690-25-0 03810

정가 10,000원

채우지 못한

호수문학회

2019년 참으로 참담하고 어수선한 한 해였습니다
이념이 다르다는 이유로 분열된 조국의 반목과 갈등
진정한 나라사랑이 무엇인가 고뇌하게 했던 수많은 집회들
또한 전남편을 살해 시신까지 훼손한 엽기적인 살인
33년만에 진범이 밝혀진 화성연쇄살인
인간의 잔혹함의 최고치를 기록한 사건들로 대한민국이
분노와 경악으로 들끓었습니다

시인이 만드는 아름다운 세상을 갈망합니다
아름다운 시어로 자연과 삶을 노래하는 시인들이 많이 사는
세상을 염원하시던 황금찬 시인 님의 나직하고 부드러운 음성을
한 편의 시와 함께 떠올려 봅니다

사람아/이리/꽃처럼/고와라/그래야/말도/꽃처럼/하리라/사람아
                                        - 황금찬,「꽃의 말」全文

강퍅한 마음을 치유해주는 시의 心性을 믿는다면 피폐해진
인간의 마음을 긍정으로 바꾸는 시의 動力을 깨달을 수 있다면
시인이 만드는 아름다운 세상 꿈꿀 수 있으리라 믿습니다
'좋은 시' '오래 가슴에 남는 시'를 남기기 위하여 각고의
노력을 아끼지 않았던 호수 인어님들
올해도 수고 많으셨습니다
사랑합니다

2019. 겨울 호수문학회 회장 박서양

웅숭깊은 뿌리의 내밀한 시간 속에서

지연희(시인)

호수문학회는 경기도 일산 지역의 중심에 위치한 호수 공원을 상징적 모티브로 차용하여 2000년 봄부터 결성한 문학회이다. 일산 그랜드백화점 문화아카데미 시 수필 창작 수업으로부터 10년의 시간을 마무리했다. 이어서 현대백화점 문화아카데미 8년의 둥지에서 근래에는 경기도 고양군 삼송리 신세계 스타필드 문화아카데미 시 창작반 수업에 이르고 있다. 호수문학 동인회 19년의 역사를 면면히 이어오고 있는 호수문학회는 경기도 일산 지역 문학과 고양시 문학의 발전에 튼실하게 기여하는 문학단체임에 분명하다.

20년에 가까운 호수동인문학 활동은 개인의 문학 발전 부흥을 목적하는 일이기도 하지만 경기도 일산, 고양 지역 문학의 튼실한 뿌리를 내려왔다고 자부할 수 있다. 미래 문학 발전은 '동인 문학' 활동으로 성장하고 문학지를 중심으로 발전해 나갈 것이라 예측하고 있다. 소수 인원으로 활동해 오던 현대문학 유입의 1900년대 초기의 문학 흐름만 보아도 문학단체 결성이 부재하여 문학인을 위한 권익과 성장을 위한 안내가 전무한 상태였다. 까닭에 소수

동인 활동이 유일한 교류의 수단이었다. 그러나 1949년 한국작가협회로 시작하여 1961년 한국문인협회 결성은 대한민국 문학인의 활발한 창작과 발표 지면을 확대하는 단체로 발전했다.

21세기 2019년에 들어 한국문인협회에 등록된 회원은 일만 오천 명에 이르고 이외의 지역 문학단체의 비 문인협회 회원까지 포함한다면 이만여 명에 이를 것이라 예상하고 있다. 포화 상태로 급증하는 거대 문학단체에서 회원들의 권익과 성장을 위한 배려는 어려워졌다는 것이다. 미래 문학은 동인 문학 활동과 문학지의 성장으로 활동 범위를 축소하여 내실을 기하게 된다는 예상이 틀리지 않을 것이라 한다. 더불어 20년의 역사를 내다보고 있는 호수문학 동인의 오늘은 웅숭깊은 뿌리의 내밀한 시간 속에서 더욱 튼실하리라 생각된다.

차례

차례

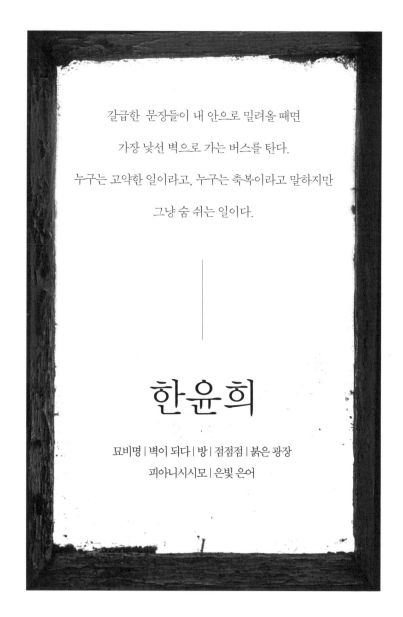

갈급한 문장들이 내 안으로 밀려올 때면

가장 낯선 벽으로 가는 버스를 탄다.

누구는 고약한 일이라고, 누구는 축복이라고 말하지만

그냥 숨 쉬는 일이다.

한윤희

묘비명 | 벽이 되다 | 방 | 점점점 | 붉은 광장
피아니시시모 | 은빛 은어

P R O F I L E

2005년 『문학시대 』 등단. 시집 『물크러질듯 물컹한』, 동인지 『숨비소리』 『열 한개의 페르소나』
외 다수. 한국문인협회 서정문학위원. 계간 『문파』 편집위원.

묘비명

빈 방의 독주회

자꾸만 어딘론가 나를 데려갔던 모호한 음들이

늘 내 곁에서 허기에 찬 영혼을 위로했다.

그 바닥에 흥건하게 고이는 햇빛

계단을 흘러내려온 낮은 음들이 가라앉는다.

벽이 되다

거칠거칠한 벽에 너를 걸어놓고 싶어

벽을 찾아 카페 mokki 문을 연다 두리번거리다 잠시 머뭇거리다가 저 구석 가장 아름다운 벽으로 너를 옮긴다 원탁 지나 나무 의자를 지나 너의 갈등을 지나 커피 머신을 지나 청춘 같은 레몬에이드를 가로질러 악어 이빨 게임을 하고 있는 무료함을 지나 질문을 기다리고 있는 여자 옆을 지나 고무나무의 고독을 지나 벽을 바라보며 너를 바라보며 벽에 기대어 서서히 벽을 탐닉한다 벽은 바다가 된다 등 뒤로 날개가 서서히 펼쳐지고 있다

저 지붕들, 저 창들, 저 테라스들, 널린 빨래들
너를 데리고 안으로 들어간다

방

방, 이란 말이 순식간 벚꽃처럼 피어나

면과 면, 꽃과 꽃, 은밀한 점 하나 떠 있다
연분홍 빛살 옷처럼 점을 입는다
몸통을 감싸는 내밀한 사각 온기
창 틈으로 비집고 들어오는 오래된 바람
뜨거워지는 사각 침묵, 알을 품는다 점을 품는다
사물과 공기와 문장들 균열 일으키며 발아를 시작한다
낫낫해진 말들 알 깨고 흘러나와 벽에 부딪치고 깨져
다시 일어선다 하얀 벽 어깨쯤에 머무른다
꽃잎들은 뿌옇게 흐트러지고

점은 아직 밖으로 나가지 못하고

씨를 품고 있는
방,

방은 점을 낳는다

점점점

　몇십 년 벽에 박혀있던 나사 하나둘씩 빠져나간다 벽
은 더이상 쥘 힘 없어 문짝은 균형을 잃고 불구자의 어
깨처럼 한쪽으로 기울어져 가고 있다 문틀 창틀 틀이란
틀은 다 휘어져

　휜 틈으로 들어온 시선, 이 구석 저 구석을 비춘다 방
을 채웠던 이불과 옷장과 사물들 상패와 감사패와 기념
패 색은 변하면서 녹아 없어지고 좀이 쏠아 점점 낮아
져 가는 의자 점점 줄어드는 뇌세포 점점 좁아지는 방

　빈방은 본능적으로 자꾸 움찔거린다 무언가 채워야
할 것이 있는지 휘어진 창틀이 삐그덕거린다 칠 벗겨져
비듬처럼 일어난 방문

　열렸다닫혔다열렸다닫혔다닫혔다닫혔다열렸다

붉은 광장

에릭사티*의 열 손가락이 느리게 움직인다

오후 여섯 시
광장에 사람들이 모여들기 시작한다
활과 현 들고 나와 의자 펴는 남자
긴 퍼머 머리와 현을 건드리고 가는 주홍빛 손가락
가장 낮은 음 길게 길게 흘러드는 도시
비애의 가는 곡선

간헐적으로 침이 고인다
접어놓은 페이지는 접히고 또 접혀

서방으로 몰리는 입들 차마 문 열지 못하고

아트만지는 이미 붉게 번져가고 있다

이 악보는 어디로부터 온 것인지

---

* 프랑스 작곡가이자 피아니스트

피아니시시모

길을 잃었다
집으로 돌아 가는 길 보이질 않아 돌고 또 돌아
와이퍼가 밀어낸 빗물 가장자리

무연히

소리 나는 쪽으로 신발 벗는다

몸 젖어 영혼이 눅눅해지기 시작하면
빗길에 다른 길을 트고 사려니 젖은 숲 속을 헤멘다
빗물처럼 고이는 비릿한 육체
다섯 개의 창으로 밀려들어 오는 신들의 긴 변주
계단마다 터질 듯 붉어지는 침묵,
몸이 뜬다

피아니시모,
피아니시시모,
피아니시시시모,

여기서
다시, 길을 잃으면 안 되나

은빛 은어

가루 쏟아지는 소리
하얀 빛가루

어젯밤 웃가지와 필기도구만 들고
내려온 기억밖엔 없는데

너는 나를 휘몰아 어디로 데려가려는가

푸른 건반
맨발 닿는 곳마다 솟구치는 은빛 은어들

발바닥은 사라지고
발바닥에 새겨진

사선나선점선파선곡선

키냐르*의 기하학무늬를 읽는 저녁
텅 빈 마을

---
* 프랑스 작가

버려진

낙오된

상처받은

정체성을 잃은

사랑을 잃은

한 인간의 소외는…

박서양

P R O F I L E

서울 출생. 카톨릭 대학교 국어국문학과 졸업. 계간 『문파』 시 부문 신인상 당선 등단.
한국문인협회 회원. 문파문학회 부회장. 호수문학회 회장. 저서: 시집 『리허설』.

묘비명

끊임없이 존재의 의미 궁금해하다가
죽음의 공포와 맞짱뜨다가
가슴 뛰는 일 설레임 사라진 날
영혼만 발라낸 늙고 병든 육신 이승에 내려놓고
영원회귀 수레바퀴 속으로 기꺼이 휘말려 들어가다

프로파일러 1
- 살인마의 '쾌'

1. 억압으로의 회귀*
잘려 나간 귀바퀴 터
낭자하게 귓속을 흔들어대는
별빛 터뜨리는 소리
'별이 빛나는 밤에'**
번뇌의 가지 꺾어버리고 싶다
밑둥까지 잘라내야 한다
예술혼 불태우다 생의 마지막 날
자신 향해 가차없이 폭발한 분노
2. 살인 중독 40점 만점에 36
빛바랜 기억 속 검은 상처들
잔인하게 박제된 어릴 적 트라우마
버려진
상처받은
사랑을 잃은
인형에겐 신경세포가 없다
손망치로 두들겨도 조각내고 잘라도
분쇄기로 갈아버린들
바라보는 시선조차 고통이 없다
오랜 세월 켜켜이 굳어졌던 분노
살인의 희열 몸속 악마와 만나다

---

* 스피노자 "억압이 있으면 반드시 억압에로의 회귀가 있다"
** 빈센트 반 고흐의 작품

프로파일러 2
- 남편 살해한 아내

범행 동기 속 오들오들 떨고있 는 '앙심을 품고'라구요?

시도 때도 없이 강타당한 뇌 속 전두엽 기능 불량
지속되는 구타는 인간의 형상 무너뜨리죠
퇴적된 분노로 굳어가는 심장의 팔딱임
피멍은 문신처럼 전신을 휘감았구요

돌발적으로 악마의 심장에 반격을 가한들
악행 부추기는 악마의 머리 산산 조각을 낸들
숨이 멎어야 악행이 멈춰진다면야

'앙심을 품고'가 아닌
정당방위
무죄입니다

프로파일러 3

- 조현병

무서움과 고통 없는 하늘에서 잘 지내요
경남 진주시 아파트 방화살인 사건 희생자
4명의 합동 영결식이 23일 오전 치러졌다

4월 이른 새벽 아파트 4층
불꽃 활활 타오르는 아군 진영 벗어나
양손을 흉기로 무장
불길 피해 내려오는 적군들
무작위 처형
시신 5구
중경상자 13명
뇌를 부숴뜨릴 듯한 공포에서 벗어나
살아날 수 있는 유일한 공격전략
잔혹한 전쟁터
살아남은 사람들
뇌 속에 자리잡게 된 경악·비탄 회로
저마다 운명처럼 공유하게 될 피로 얼룩진 미래
그는 왜?
'조율되지 않은 현악기의 불협화음'
자신의 고통을 타인을 향한 악행으로 덮어버린 것이다

프로파일러 4

- 환상 망상

박
서
양

삐그덕 쉰 소리 힘겹게 문이 열린다
밤새 숙면을 방해하던 무리들
신새벽 독을 탄 항아리에서 퍼낸
된장국물 두어술 뜨다 만다
천정 어디에선가 은밀하게 돌아가는 카메라
도청기 귀를 세워 행선지 알아내고
일거수일투족 감시의 눈길 피해
검은 발자국 찍어 누르며 조급한 탈출 시도한다
바짝 따라붙는 살인 원숭이들의 집요함
두런두런 거친 비방 쏟아내며 등짝을 후려친다
만성화된 황량한 일상

추방당한 神, 어디에도 구해줄 천사가 없다
재개발은 까마득한 미래
낡고 헐은 천국의 문은 좁다

프로파일러 5

- 화성살인의 추억

1.악마의 춤

논길

후미진 길

밤길

멈추지 않았던 잔혹성의 폭주

낭자했던 핏빛 공포의 파장은

하루·한달·일년·십년… 긴 세월

소박했던 마을 정서 흉흉하게 무너뜨렸다

2.종의 범죄

적자생존을 위한 출생의 비밀

음모 살인이었다

'네안데르탈인을 돌칼로 발라먹었다'는

생태계의 연쇄 살인마

호모 사피엔스

황금 들판 범행 현장에 꽂아놓은 허수아비

턱밑에서 발끝까지 경련하며 나부끼는 문구

'자수하지 않으면 사지가 썩을 것이다'

피파의 노래*

폭염 만행 간신히 제압한 늦여름과 초가을 사이
이 세상 모든 것이 한가롭다
예순셋 생을 마감한 初老의 여인
고향 선산에 묻히러 가는 길
이틀 더 영안실에 머물게 하고팠던 오일장이며
마을길 돌고 돌다 무릎 꿇은 방앗간 앞 路祭며
知人들 쏟은 눈물 터덜터덜 꽃상여 행렬
그까짓 것 다
'무슨 소용이란 말인가'
훌훌 털어내지 못한 번뇌 덩어리
굳어버린 육신에 짐짝처럼 얹혀 있어
건장한 상여꾼 여덟, 힘에 부쳐 못 가겠다
I go, I go
덜컹이는 꽃상여 안 틈새 비집고 슬며시 스며드는 빛살
하늘빛은 저리도 청량하고 밝은데
지하 깊숙이 스며드는 일 가벼운 것 아니었다
피멍 삭히지 못한 무신론자 영혼
천국에서도, 극락에서도 오라는 손짓
이 세상 모든 것이 평화롭다

---

* 로버트 브라우닝 시 제목 인용

연민에 관하여

유리 창문 뚫고 돌진하려다 주름커텐 완강함에 멈칫대는
가을 햇살
창밖은 째각거리며 분주히 흘러가고 있는 오늘
버스 안에서 Bee Gees가 환청처럼 아득하게 토해내는
'Don't forget to remember'
사랑,야망… 四枝가 몽땅 잘려나가 몸통으로 버티는 내가,
메마르고 비틀린 감성이,
리듬 속에서 부활한 사십 년 전 나를 낯설게 바라본다
귀에 익은 감미로움 타고 설레임 부추기려는 미약한 연민
삶의 기쁨 謳歌했던 그때, 삶이란 명쾌한 체험이었다
한 곡 끝나갈 즈음 창문에 찍힌 굴곡 투성이 주름을 견디
던 나,
매몰차게 거부당한 운율
맥없이 파닥거리다 과거 속으로 사라지는 것 무심히 바라
보고 있었다

멜랑콜리커 2

박서양

밤새
엄마 꿈꾸다
번쩍 눈 뜬 새벽
창 너머
어스름 강가에
까만 돌무덤 흰 새 한 마리

이제 그만
붉은 심장에 가두어 둔
하얀 유골함 내려 놓으라신다

차마 눈 맞출 수 없어
장롱 깊숙히 웅크린 사진들
허리 펴고 웃도록 꺼내놓으라신다

방치된 군자란이 활짝 꽃을 피운 이유

종족 번식의 처절한 본능이었다
자손 번영 위한 고결한 희생이었다

햇빛도 닿지 않고 물기도 메마른 공간
흙속에 스며든 먹거리조차 턱없이 부족한데
굶어 죽나 보다 절박한 순간
휘청휘청 허리 꺾어
한 生涯 불사른 에너지 한껏 모아
한 송이 꽃을 피웠다

생의 마지막 꽃을 피워낸다는 것
뿌리의 몰락임에도
육신의 소멸이었음에도
때깔도 선명한 내리사랑

시간에게 시간을 건넨다

박서양

바닷가 모래사장에서 빨강 의자 그네를 탄다
마주 보이는 건
험상궂게 일렁이는 낙산 밤바다
존재의 안간힘 양팔로 부여잡고
두 다리 질끈 묶어 밤하늘 품었다가
스르르 맥(脈) 놓아 모래속 잦아들었다가
두 발바닥 정기(精氣) 모아 오만 잡념(雜念) 훑어버린다
밍기적거리던 일상 일순(一瞬) 멈추고
시간에게 시간을 건넨다*
희끄므레 반달 품은 하늘 빛 교교(皎皎)해도
훈풍 타고 너그러이 비껴가는 종말 예감
두 다리 힘껏 구르며 만끽하는
붉은 심장의 펄떡임
바닷가 모래사장에서 초록 의자로 옮겨앉아
그네를 탄다

---

* 미국 속담 "시간에게 시간을 주라"

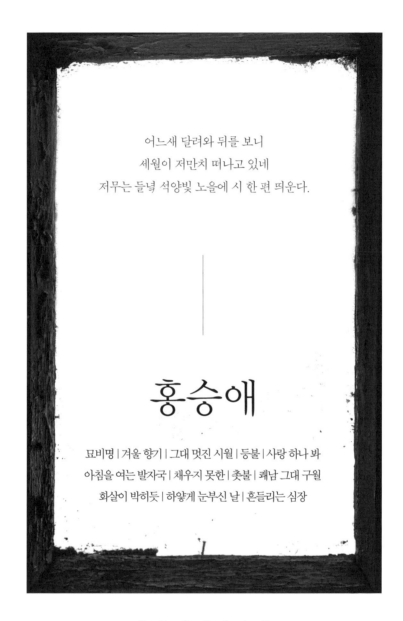

어느새 달려와 뒤를 보니
세월이 저만치 떠나고 있네
저무는 들녘 석양빛 노을에 시 한 편 띄운다.

홍승애

묘비명 | 겨울 향기 | 그대 멋진 시월 | 등불 | 사랑 하나 봐
아침을 여는 발자국 | 채우지 못한 | 촛불 | 쾌남 그대 구월
화살이 박히듯 | 하얗게 눈부신 날 | 흔들리는 심장

PROFILE

경기 수원 출생. 2009년 계간 『문파』 시 부문 신인상 당선 등단. 한국문인협회 회원. 문파 문인협회 회원. 호수문학회 회원. 저서 : 동인지 『숨비소리』 『잔상』 『작은 떨림』 『문파 대표시선』 외 다수.

묘비명

달리다 보니 여기까지 왔네
시와 함께 한 시간이 가장 행복했었다네
시인이 많아지면 아름다운 사회가 될 것일세.

겨울 향기

황홀한 단풍 빛
그리움을 불태우며 허공을 머물던
가을이 저물었다.
무채색 수묵화 차가운 대기층이 가라앉은
침묵의 나라
긴 여행을 지나는 깊은 밤이 두런거리고
뽀얗게 흩어지는 얼음 빛 향기
시려 오는 가슴으로 스멀스멀 살아나는
삼경이 흐르는 깊은 밤,
마른 장작이 못 견디듯 제 몸을 사르며
집념의 불꽃으로 타오르는
거룩한 아픔,
휘청이는 경륜의 발자취에
도화선이 된 시간의 섬에서
긴 터널을 지나며 새벽을 비추는
별 하나.

그대 멋진 시월

홍승애

연인의 숨결, 설레이는 바람의 체취
가슴은
채워지지 않는 깊은 우물 속, 이름 모를 그리움 가득하다

휘영창 밝은 달빛에
고뇌의 창을 짜깁기하던 틀을 벗어나
이제 그 가을의 전설을 만끽하려네

짚시의 탄식 들려오는 가련한 목숨의 소리
욕망의 마차에 탑승한 마부의 질주는
푸른 물고를 가르며
그대 향기 짙은 바람에 마취되어
푸른 섬에 갇힌 영혼,

섬섬옥수 사이 하늘 미소 담은 멋진 시야
눈망울 속 가득 짠하게 시린 날
긴 채찍에 목마를 타고 새벽을 달려 나온
그대 멋진 시월,
맨발로 뛰어
가슴 가득 그대를 맞이하리

등불

－감

천년의 깊은 숨결 몰아 쉬듯
과묵한 인내로 오늘을 이겨낸
푸른 청춘의 떫은 속내가 익어간다
벌거벗은 가지
마디마디 하얗게 쏟아 내던 눈물방울
사계절 물구나무서던 고단함이 피워낸
청록이 여문 꿈,
알몸을 드러낸 화사한 단내로
시간이 익어진 초롱 한 불빛들
동면의 전주곡이 환하게 밝혀지는
우듬지 아슬한 가지에
왁자한 까치 소리
살가운 인심이 훈훈해지는
늦가을의 풍요.

사랑 하나 봐

가슴을 밀치고 흠뻑 젖어 드는
사월의 향내
가슴 가슴이 눈을 뜨는 침묵이 열리면
부드러운 바람 와닿는 감촉마다
꽃들의 아우성
아 사랑 하나 봐
흩날리며 깔깔거리는 웃음소리
눈 부신 햇살로 가득하죠
초록빛 함성이 쏟아지는 거리마다
산소 빛 향기
상큼한 미소
하늘과 땅이 신방을 차리고
햇살의 발자국마다 아롱지는
봄날의 일기장
눈부셔라.

아침을 여는 발자국

속눈썹 사이 반짝이며
일출을 서두르는 빛의 요정
새날을 깨운다
초록 잎새 빛나는 들판에서
청신호 바쁘게 서두르는 발자국들
싱그러운 산소 빛 젊음이
꽃구름 향기 내는 휘파람 소리
저마다 분주한 어깨 위 저울로
하루 일정을 가늠하며
통통걸음으로 숨바꼭질하는 시간
모자라도 넘쳐도 정을 맞는 답 없는 조직 안에
시계추 움직이는 숟가락 무게가 버겁다.
빛과 그림자의 조화도 가끔은
보이지 않는 장애로 숨 막히는
비상구 없는 길 잃은 청춘
아프다
가엾다
그 어디쯤 쉬어갈 곳 있으려나.

채우지 못한

겨울에 묶인 더딘 걸음으로
오랜지 빛 밑그림을 그리는 술래
목마를 타고 여름을 서성이다가
늦은 저녁에서야 채워야 할 빈 잔에 가을을 담는다
아직 떠나지 못한 뇌성이 울부짖는 계절의 끝자락
반복되는 시간을 시침질하는
덜컹거리는 평행선에서
땀방울 채우는 빈 그릇,
미완성 수채화 표지처럼
어설픈 유성의 꼬리로 흐르는 시간

순백의 우아함으로 포장하는
모난 조각상을 붓칠하는 연출가
시험대 앞에 서다.

촛불

잠잠하던 침묵이 눈을 뜨는
앙가슴 파고드는 깊은 심지에서
빛의 날개 하늘거리며
흔들리는 꽃잎이여
그리움 애잔하게 묻어나는
별빛 빛나는 하얀 숨결 가물거리면
향기로운 빛이 타고 남은
순결한 눈물 모아
제 몸에 불 밝히는 애달픈 노래
임 그림자 밟히려나
살포시 옷깃 여미고
홀로 타오르는 가슴
고요히 날아오를 듯
영혼에 깃을 단
꽃잎 하나.

쾌남, 그대 구월

홍승애

이제 그는 떠나려 하네

시간을 공유하던 아름다운 날, 시 한 편에 적으며
순수한 기쁨의 창을 여는
너의 향기 찾아 떠나는, 긴 기다림의 여운

다시 찾아오는 계절은
우주의 블랙홀을 지나
지구의 자전을 행보하는 바람난 사내처럼
아련한 추억을 남기고
낭만의 휘파람으로 창공을 휘돌아
엔니오 모리꼬네 예술의 늪으로 매장된다

그대 가슴
긴 기다림의 심지에서 타오르는
꺼지지 않는 촛불 하나.

화살이 박히듯

불멸의 화살이 박히듯
가슴에 빼곡히 박힌 아름다운 석류알
훈훈한 감동으로 가슴에 인장을 새기는
정곡을 찌르는 말씀의 회초리

부모준비 안 된 부모들,
부실건축물로 인한 사회 열등아의 비극이
만연한 사건의 철골 없는 건축물이 되어도
정체성이 실추된 부모의 자리

부드러운 듯 골수를 찌르며 강단을 내리치는 불호령의
작은 듯 큰 소리로 울려오는 힘 있는 호소력

하늘이 너무 넓어
가슴에 다 들여놓지 못한 아쉬움은
귓가에 흐르는 여운으로
유물론 사상의 형식적인 신앙과
배부른 돼지의 꿈이 커가는 시대의 흐름에서
모두를 위한 반추의 시간이 되었다.

절망이 아닌 희망의 포럼으로

절대적 신앙을

반듯하게 잘 박힌 못으로

자녀를 세우는 부모의 자리

그 자리에서 우린

하얗게 눈부신 날

청정한 하늘을 뚫고 나와 찬란한
새날을 점령한 당신 누구신가요
금빛 눈 부신 햇살 감히 바라볼 수 없는
시력 잃은 슬픈 여우의 거룩한 눈물
아침잠 덜 깬 눈으로 부스스 깨어난
초목의 싱그러움이 내 뿜는
새 아침을 마음껏 가슴에 들여놓고
쾌청함을 들이키는 소소하고 짜릿한 희열
능선 아래 덩이덩이 향긋한 꽃 등불 피어나고
초목이 넘실대며 흥겨워하는 눈부신 아침,
이 화사한 시간이 지나고
무성한 흔적이 지고 난 후
남은 날의 시간 앞에
화려한 날갯짓으로
하얗게 불태우는
가슴 시리다.

흔들리는 심장

홍승애

초록 싱그러운 숲에
상처 진 진액의 비릿한 향기
가슴 찌릿한 전율이 전신을 휘감는
풋풋한 생명의 숨소리들
아픔을 껴안고 지나온
발자취 돌아보는 슬픔의 잔재에
유월의 기억을 상기시키는
겨레의 자존감에 위안을 주는 듯
녹색 짙은 향기 온 땅을 덮으며 휘날리는
푸른 깃발의 물결
젊은 심장의 뜨거운 맥박이
혈관을 타고 흐르는
종교보다 짙은 이념의 갈등으로
곳곳에 활화산으로 타오르는 불꽃
소방관은 부재 중이다
힘없는 백성이 손을 잡은 인간 띠에
하늘의 눈물이 비가 되어
이 땅을 적시고
푸른 나무가 손뼉 치는 평화의 구호
목이 쉬도록 외치는
심장의 메아리.

시의 코너에선 잠긴 바닷바람이
사근사근 속삭이는 소리에
귀를 귀울여도…

부성철

거울의 추억 | 떨어트리다 | 섬, 4월의 바람 | 숟가락
애월을 질투하다 | 혼술 2 | 상처 | MRI
우울증의 탈출 | 비행

P R O F I L E

제주 출생. 해동고, 한양대학교 졸업. 문학과 의식 신인상 등단. 문파문학회, 호수문학회, 해바라기 동인. 한국문인협회 역사 편찬위원. 국제 펜클럽 회원.

거울의 추억

여기저기 걸려있는 거울들이
그가 지나온 길들이다
속을 내보일 수 없는 세계
자아와 부딪히며 내면을 치유하다가
가슴이 아파지면
때로는 지나쳐 가기도 하고
울음이 날 것 같아
애증이 섞인 미소로 어브러져
자꾸 주름을 만들어 가지

어릴 적 보았던
익숙한 사내가 거기 있어
불쑥
투정을 부릴 것 같은

처음 그를 발견한 사람은
거울을 보며 깜짝 놀랐을까를 생각한다

떨어뜨리다

머리에 꽃을 꽂고 다니던 여자가 있었다
구름 위를 떠 다니듯
맨발로 걸어 가는 길 위로 가벼운 웃음이
지나가면
부스스 떨어지는 웃픈들
무심한 눈빛은 허공을 떠돌다 떨어지고
어디 제멋대로 씨불어 대는
환장한 바람은
나불거리는 치마를 부여잡고
세상에 젖은 것들과
애써 무시하여 버리는 일

꽃이 만개한 꿈이 많던 시절이 있었다

유리그릇을 들고 살얼음판을 걷던
어긋난 일상이
어느 한순간 일그러져
마음을 놓아 버린 일

그냥 웃어 주는 것으로 꽃을 심었다

하루 먼저 이 세상과 이별을 꿈꾸는
어머니 마음에
늘 비가 내린다

섬, 4월의 바람

- 4.3 사건을 기억하다

모두 떠난 마을 올렛길

벚꽃나무 서로 손을 뻗어

달빛을 비비고

하얗게 무르익은 꽃잎이

부르르 몸서릴 치면

쪽빛 바다로부터 불어대던 꽃샘 바람

나불거리는 나비 떼들

참새들이 찾아오고

까마귀가 울고

우레와 천둥이

화사한 웃음으로 가득한 골목 어귀엔

낯선 바람이 불어오기까지

4월의 바람이었다

그 봄

초록빛 보리밭 위로 무심히 내리쬐는 붉은 태양

어머니는 어디로 갔을까

섬 마을 노래가 어디서 흘러나왔는지

반은 산으로 가고

반은 바다로 가고

무심히 세월이 갔다
그리고 사상이 되었다

용오름 스치고 간 먼 바다
한라산이 울고
영혼들이 잠든 그 섬 위로 곱게 핀 동백꽃
끝이 아니다 (치밀어 오르는 울음을 참는다)

숟가락

가스렌지 속 불빛이 따사롭다
식탁 위로 오늘이 돌아오는 시간이다
바깥 세상은 현관을 들어서며 털어내고
화장실 물을 내리고 혀 끝을 문다
후들거리는 다리를 곧추세우고
달려드는 상념을 다독거린다

태어나서부터 찾아다녔던 것은 무엇일까

'아내에게 물었다'
숟가락 이미지는 … "행복"
며칠이 지나
"사랑"이라고 대답했던가를 생각한다

스쳐간 생이 어우러져
놓지 않으려
뛰었던 시간들
삭막한 도시 뒷골목
눈물을 삼키며 붙들려 했던 것들…

영정 속 사진 손이 없다
놓아 버린 삶이
비시시 웃고 있다

애월을 질투하다

들어서자 확 들려들었으면 했다

막막한 바다
페이지를 뛰어나와 질러대는 불빛들
쿵짝쿵짝 울려대는 노랫소리
파도가 밀려가고 책장을 빠져나가는 발자욱들
분주히 그 물결에 휩쓸려 살아갈 시간들이
착각의 주인공들이 맨발로 길들여져
서성인다

가지런히 늘어선 지식들이 각기 멋을 내고
시의 코너에선 잠긴 바다 바람이 불어와
사근사근 속삭이는 소리에 귀를 귀울여도
경험할 수 없던 그들의 세계가
어디 잠시 멈춰서서 나를 부른다

그 속으로 들어가자
고래들이 뛰노는 나의 작은 바다
월정으로 돌아가자
네둘러 나서면 익숙한 바다와
돌아서면 한라산이 보이는 월정으로

혼술 2
- 살다가 그리워지면

낡은 기차가 내린
부산역 대합실엔 낯선 이들이 오가고
낮은 바람이 광장으로 나서면
잊었던 옛 도시가 낮게 날아와 안긴다

바다를 숨긴 채
도대체 이 도시는 무엇을 놀래키려는지
서로 엉킨 말들이
화가 난 듯 악수를 해대고

다가온 바다가 철썩이며 다정스레 웃기라도 하면
짠 냄새가 퍼지는 어시장 지붕 위로
갈매기 한 마리 끼룩거리며 날아간다

이 도시에 남은 저녁은
옛날을 불러 술이나 한잔하며
내 젊은 날의 환상을 그려 보기로

살다가 그리워지면
가자

상처

말이 많아졌어
가장 잔인한 단어를 찾아 퍼붓지
귀를 막고 말이 말을 막는 막말의 시간
비로소 사랑의 굴레에서 벗어나 꿈을 깰 수 있다는
사실이 아니라는 것도 잊은 채
충분히 상처가 되는 마음을 애써 외면하고

거리엔 낯선 이들이 지나고

같은 모습이 바람이
모두 돌아간 어느 골목에서
남은 바람과 숨어
울음을 참을 거라는 것

그래서 하나의 매듭을 짓고 나간다는 것을.

MRI

긴 터널 속으로 마음을 맡긴다
안온한 두려움이 스며들고
멀리 기차 떠나는 소리
통증은 잦은 바람
근원지를 찾아 숨바꼭질이 시작되고
비릿한 내음 코끝으로 스며들면
어디 바다새 울음이 그리움으로 차오른다
낯선 마을을 지나
떠다니던 길들이 갈림길에 다달으면
4·3 4·19 5·16 5·18 6·25
86·88 아 – 대한민국
그리고 72
날 선 일들이 우르르 몰려왔다가
우르르 내달리는 길
위로
저만치 아이 하나 서 있다
가슴에 가만히 두 손 모으고
사랑해 사랑해

아프다

우울증의 탈출

거울을 다닥 붙이고
관엽 식물을 삼켜야지
이쪽 벽 거울이
저쪽 벽 거울을 쳐다보면 깊어지고
저쪽으로 갇히면 헤어나올 수가 없거든

탬버린을 흔들어 막춤을 추기 시작해
한을 품은 소리들이 창틀을 비집고 나와
빈 공간에 홀로 떠돌던 것들이
리듬에 맞춰 살아나기 시작한 거야

데리고 마당으로 나가야지
하늘도 보여주고
바람도 보여주고
나무도 마음에 깊이 담아둘 수 있도록
방에 있음 아무 것도 담을 수가 없어
저 모서리 끝으로 밀어 두더라도
밖으로 나가야지
두려움에 깨져 부서지는 꿈을 꾸더라도

참 소리를 담을 수 있게

살아있는 느낌이 온몸으로 퍼져 간다
그냥

비행

귀에 고리를 걸어요
머리에 염색을 하고
어그러진 일상이 옥상으로 올라와
껌을 씹으며 침을 뱉는다
눈을 살짝 부릅뜨고
발은 허공을 밟는다 … 나비
거친 음색으로 못된 단어를 찾아 고함을 지른다

동전이 필요해 … 가져 가져
언제부터 난 질래꽃
숨소리조차 삼키며 밟히고 밟히는

빼앗은 패딩 점퍼가 몸 위로 풍기는 흉물스런 거짓이
무안함을 털어낼 수는 있을까

장기 4년 단기 2년

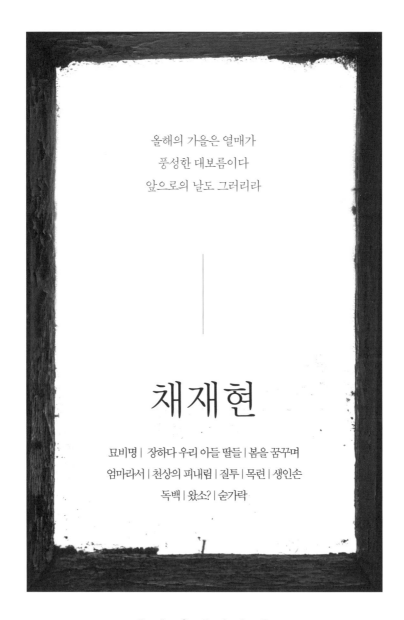

올해의 가을은 열매가
풍성한 대보름이다
앞으로의 날도 그러리라

채재현

묘비명 | 장하다 우리 아들 딸들 | 봄을 꿈꾸며
엄마라서 | 천상의 피내림 | 질투 | 목련 | 생인손
독백 | 왔소? | 숟가락

P R O F I L E

충남 서산 출생. 계간 『문파』 시 부문 신인상 당선 등단. 한국문인협회, 문파문인협회, 호수문학
회 회원. 문파 운영이사. 한국문인협회 홍보위원회 위원. 저서: 시집 『어느 날의 소묘』, 공저 『기
쁜 날 슬픈 날 즐거운 날』 외 다수.

묘비명

삶의 굴곡 너무 험하여 자식들 온몸으로 사랑하지 못한 한(限)
씻어내지 못한 한 여인 여기 잠들다
시(詩)를 쓰고 읽고 마음을 다듬으며 마지막 혼을 다해 살던
촌부 가벼히 여기 누워 다시 태어난다면 더 멋진 흙이 되었으면
소망을 심고 잠들어 있다

장하다 우리 아들 딸들*

가정 꾸린 지 70년 내 나라
아버지 어머니 안방에선 등 돌리며
가정의 주도권 싸움 퍼지는데
우리는 힘내자 삿포로에 달려간
얼음판의 역군들
금 은 동 메달 골고루 나누어 가져서
태극기가 신이나고
애국가가 하늘을 나르는
오늘
아버지 어머니
우리는 금메달 뺏으려고 서로 밀어트리지 않았어요

고맙다 우리 아들 딸들
동해물과 백두산이 신이 났다

채
재
현

---

* 2017년 2월 13일 삿포로 아시아 동계올림픽 쇼트트랙 선수들

봄을 꿈꾸며

TV 노부부의 모습이다
그들은 50년지기 어부였다
먹고 살기 위해 시작한
노 젓기 고기 이름도 잘 몰라 힘들었다고
다툼도 많아 서로에게 깊은 상처도 주었다며
살아온 흔적을 찬찬히 펼쳤다
자식들 다 자라 떠나고 남은 지금
누옥과 사그라져 가는 두 손뿐이라며
신혼처럼 새로운 봄을 만들고 있었다

내 지난 신혼이 파노라마로 떠오른다
익숙치 못해 저지른 실수를 몰아쳐
새싹같이 여린 마음 꺾이어
봄보다 겨울이 많았던 날들
손톱에 박힌 가시 같은 추억이다

석양 마루에 앉아 있는 나도
더 늦기 전 잘 선 가시 뽑아내고
나의 화단에 새 봄을 만든다

엄마라서

학교 갔다 온 아이가 친구와 싸웠다고 콧물 눈물 범벅이다
너무 기죽여 키웠나 미안함이 슬그머니 눈물 씻는다
사춘기 열병 앓는 아이
버러럭거릴 때마다 사랑이 모자라서 상처가 큰가
죄인 같은 가슴에
피 같은 눈물 흥건하다
원하는 대학 못가 풀죽은 아이
과외도 못 시켜줘 박힌 못
깊은 우물을 판다

채
재
현

천상의 피내림

매년 정해진 날 오늘
아들네 가는 날이다
밤이 깊은 잠속에 빠진 시간
눈썹을 휘날리며 달려간 아들 집 현관 앞
들어오라는 축문 끝나자마자
차려진 상 앞에 얼른 앉아 보면
한 번도 보지 못했던 외국 과일까지
상다리가 부러질 지경이다
낮의 세상에 살 때 가늘었던 며느리 손길
밤의 세상 사는 내게 풍성하기만 하다
훗 훗
밤의 나라 가서 능력자 된 줄 알고
지 새끼 잘되게 해달란다

두 아들 얼굴 보니
큰아들 표정 홀가분하고
둘째 놈은 아쉬운 모습이다
내가 아들 집 오는 한밤중의 행사는
오늘이 마지막이고

양 명절 아침에 두 며느리
각각의 솜씨 가지고 내 처소로 오기로 했단다

사는 세상 달라도
끊어질 수 없는 부모 자식
명절 교통대란
안 와도 된다

채
재
현

질투

맑은 시냇물 살갗처럼
푸르른 산과 들
간들어지는 바람의 유혹 못 이긴 척
살랑살랑 못 이긴 척
앞 뒤 옆 서로 끌고와
밤 무대 무희처럼 현란함이 요란하다
창밖엔 생기 자꾸 피어나는데
난 언제쯤 허리 펴
너희처럼 춤출 수 있나
시샘 가득 찬 양볼 부풀리며
신바람 난 숲에 괜시리
눈 흘기고 있다

목련

담벼락
아른거리는 햇살 안고
넌지시 넘겨보는 목련나무
뼛속까지 파고드는 추위
이겨내고
붓처럼 부풀어 오른 꽃몽오리
율곡을 키워낸 붓끝인가
그리움처럼
자운서원 마당의 서채들이
활짝 피어질 날
기다린다

채
재
현

생인손

꽃은 꽃이지만
싱싱해 본 적이 없고
힘없고 가련한
냉이꽃 같던 당신
수확 끝난 가을 들녘 같은
쪽진 뒷모습에
부슬부슬 살얼음 흔적 엿보여도
아무 힘이 되어주지 못한
작은 돌멩이였던
당신의 분신
본향으로 여행 가신 당신은
생인손입니다

치유되지 않는 생인손

독백

나는 어디쯤 와 있을까

어머니가 험한 바닷길에 내려놓은 날 이후
얼마의 발자국을 지나 왔을까

○ ○ ○ 요양원
내 거주지가 되어 버린 낡은 침대
따스한 그러나 무심한 손길

언제부터 기억의 창고가 부서졌는지
어제는 나를 닮은 누군가 찾아와
하염없이 바라보다
돌아서는 모습
낯설다

한때 나의 어깨에 매달리며 웃던 얼굴들
어디론가 사라지고
쳐다보는 차가운 눈빛들
내가 절벽 아래 떨어지기를 기다리는 눈치 같아
갑자기 소나기가 쏟아진다

채
재
현

왔소?

하지에는 어슴푸레하던 오후 아홉 시
입추 지났다고 컴컴한 밤중이네
하루 종일 달아오르던 열기
슬그머니 밀치고
2019 가을을 드릴게요
또르르 또르르
풀어놓는 서늘한 바람

왔소?
뚝뚝하고 투박한 인사
짐짓 반가운 표정 해보지만
한 해의 허리 훨씬 넘어 코앞까지 벌써?

뒤돌아서서
늘어난 실금 하나
씰룩거리며 자꾸 비벼본다

숟가락

- 따사론 인정

쌀 한 줌
쑥과 콩가루 섞어
여러 식구 끼니
어머니 손길 요술이다

눈치 없는 옆집 순이
끼니 땐 줄 모른 채
영희와 공기놀이 열중인데

영희야 저녁 먹어라

두레반상에 순이 숟가락 하나 더 놓여있고
어머니 밥그릇
반만 채워졌다

그때 마음들 보름달이었지

맑은 하늘 가슴에 안고 새로운 시작하니
나의 나 된 것은 다 하나님의 은혜이다.

조영숙

묘비명 | 오늘은 | 바람의 소리 | 여름 빛 | 여름 비 | 바다 | 아늑함에
침묵 | 시월에 | 들판에서 | 가을 안으며

P R O F I L E

장흥 출생. 계간 『문파』 시 부문 신인상 당선 등단. 한국 문인 협회 회원. 문파 문인 협회 회원.
호수 문학회 회원. 저서 : 공저 『바람의 작은 집』 『내 안, 내 안에서』 외 다수.

묘비명

세상의 모든 일 내려놓고 여기 잠들다.

세월 한 줌 손에 쥐고 살아온 날들

가벼워진 몸 시 몇 편 담아서

잠시 머무른 이 땅 접고 이제 영원한 본향으로 간다.

긴 여행 떠난다.

오늘은

영롱한 빗살 머금은 봄바람을 사랑하지만
바람이 손 흔들며 내 곁을 떠나고
화려한 꽃들 꽃잎 다 날리며 눈물겨운 이별을 한다
흙을 뚫고 나와 몸을 세우는 나무는 무성한 나뭇잎의 호흡
들으며
깊숙이 박힌 뿌리 그리워하고

내 젊은 날 보았던 그 물빛과
그의 눈부신 사랑의 눈빛 하나로 그리움의 등불 밝히고
물소리 풀어내듯 영혼의 높은 산 밟아간다

꽃잎도 나뭇잎도 연못의 물도
구름도 새도 숨쉬기 시작할 때
가슴속에 맑고 긴 강 빛으로 흐른다

바람의 소리

길가의 소나무 짙은 초록에 스며드는데
폭풍 지나간 자리 뿌리 뽑혔다
깊은 줄 알았던 그의 뿌리
한 뼘 얕은 모습으로 드러나고
따스한 가슴인 줄 알았던 흙의 파편들
질척거리는 아스팔트에 누워
거친 호흡하며 눈물이 된다
하늘을 사랑하며 살고 끈기 있는 생명력으로 빛나
영원한 등불이기를 소원했건만
삶의 이유 잃어버린 소나무 울음소리
땅을 적신다

하늘이 흔들린다

조영숙

여름 빛

초록 입김 흠뻑 풀어놓은 숲
햇살 비 내려 맨살 드러내 보이고
흐른 세월만큼의 빛깔로
느리게 발걸음 떼어 고개 내밀며
풀꽃 같은 웃음 뿌린다
양지 쪽에 앉아 쏟아져 들어오는 빛 받아들여
맑게 숨 쉬게 하는 첫사랑의 고백은
풍성한 초록 끝에 매달려 향기로 피어나고
언덕 오르는 바람의 소리와
보석처럼 빛나는 이파리들
햇살에 익은 꽃의 숨소리
가슴 시리게 그리움 묻어둔다

여름 비

햇살 지나간 자리 잔비 내린다
비스듬히 내리던 비는 이내 굵게 아주 굵게 땅을 적시고
나른하게 기지개 켜던 나무 허리는 주춤거리는데
빗줄기 두꺼운 나뭇잎 뚫는다
하늘에 구멍이 나 천둥소리 번개 불빛으로
숨결 잇고 있는 폭우 속에서 먼 길 다녀온 열기, 식는다
우산 사이로 들어온 비 어깨 적실 때
빗소리 땅 틈새 길에 뚝뚝 박히고
제 몸 부딪기며 수직으로 웅성거리며 깊게 고인 빗물
땅은 꿀꺽 삼킨다
끌어안는다

조영숙

바다

소금기 절여진 백사장 길게 누워 있고
햇살 받으며 살 오른 갈매기들 하늘을 가른다
솟구쳤다 떨어지는 파도 뜨거웠던 여름의 흔적들
바다 눈동자 속에 잠겨 풍경이 된다
이젠 가까이 오너라
부드러운 바다 향기 모래알 알알이 속살거리고
보고 싶단 말들 쌓여 있어
너를 보려 숨 가쁘게 달려왔는데
쓰러지며 떠나가는 바위 같은 그리움
따가운 모래알만 무심히 맨발에 밟혀
목마른 사랑 날려 보낸다

아늑함에

잠시만 쉬어가려
허기진 목마름 꿀꺽 삼키고
아무 일 없다는 듯 움켜쥐었던 이름들
보이지 않는 욕망이 되어
빗살 속에서 흩어진다
숨 한 모금 돌리고
함께 나누던 꽃피운 가슴
갈증 이겨내던 사랑의 흔적들
그리움의 뒷자락 잡고 안아 보려 하지만
멈추어진 노래 되어
영원한 시간 속으로 흘러간다

조영숙

침묵

더듬거리는 시간들 소리 없이 흐르고
모두가 떠나 헐벗은 고향의 꺾어진 허리
걸음 멈추어 버린 흙의 발자국
골다공증 앓고 있는 벽의 정적 사이로
거미줄에 걸쳐진 먼지 하나 앉아 있다
연약한 어깨 들썩이며
녹슨 양철 지붕 끝에 웅크린 새 한 마리
부를 수 없는 노래 뻐끔거리며
시들어 버린 날개 접는다

땅 끝이다

시월에

얇은 구름 비껴가 빛 쏟아지는 하늘 바라보니
마음 저리도록 더욱 가깝게 한 움큼 잡히는 그리움
손 한 번 내밀어 숨결 고르게 다가오는 그대
언제인지 어디까지인지 모를 기억 밟으며
짙은 하늘 위에 농축된 가슴앓이 풀어본다
너른 들판 넉넉하게 끌어안고도
쓸쓸히 서 있는 그대
햇빛 머금어 따스히 스며드는 세월 속에
숨 가쁘게 바라보며 가야 할 길 어디쯤일까
바람이 누워버려 들꽃만이 흔들리는
시월의 햇살
부서진다

조영숙

들판에서

넓은 들판 그곳에서
가을 하늘 떠 있는 그곳
찾는 이 없이 만날 사람도 없이
스며드는 햇살에 몸을 맡기고
표정 없이 홀로 서 있는 그대
입 벌린 새들 머리 위에서 맴돌고
겹겹이 걸쳐진 흩날리는 옷깃 세우며
모든 기억 떠나 보내고 있으니
잃을 것도 잃어버릴 것도 없는
빈손으로 땅을 지키고
햇살 깊은 곳으로 잔잔히 스며들어
사랑으로 여윈 가슴
숨 고르며 햇볕에 물든다

가을 안으며

평온한 꽃들의 숨소리 듣고 수줍어하는 흙냄새 맡으며
꽃에 반사된 햇살 가득한 얼굴로 모든 순간 위로가 되어준
반짝이는 투명함으로 그렇게 온 그대
낯익은 바람 하늘에 닿을 때
서성이던 구름은 그리도 맑게 흐르고
아주 조그만 그리움의 꽃이 되어
오래도록 스며들고 싶어 생각이 깊어진다
밀려오고 밀려가는 영원한 별이 되어
만나고 헤어지는 들판에서
보여도 보이지 않는 당신의 사랑 속에서
햇빛 그으며 땅 위에 내려앉은 향기 가슴을 채운다
잠시 스쳐 지나가는 다시 돌아올 수 없는 시간 속으로 오늘
에 서서
조급한 바람 스칠 때 가을 그림자 한 조각 내려놓으니

단 하나의 세포 살아남아
다시 삶의 뿌리 내린다

조영숙

계절의 흔들림 속에 살며시 하늘을 본다

김용희

봄 창이 밝다 | 히아신스 | 봄이 짧다 | 호박꽃 | 쪽빛 바다
음악은 끝이 나고 | 도토리 하나 | 너와 집
치자꽃 뉴스 | 버려진 의자

P R O F I L E

충청남도 논산 출생. 2014년 계간 『문파』 시 부문 등단. 문파 문학회 회원. 호수문학회 회원. 저서 : 공저 『작은 떨림』 외 다수. 서울 용산 미술협회 회원. 대전 현대갤러리 가족 전.

봄 창이 밝다

봄이 오려나
겨울 끝자락 창문이 밝다

걷잡을 수 없는 세월은 가고
냉이꽃 보일락 말락 피어나

개나리 노란 미소
진달래 연분홍 얼굴 화려하다

벗꽃 만개하여 훈풍에 꽃비 내리고
연분홍 꽃길 융단 깔아 놓은 듯
폭신폭신 한 길 아까워 갈 수 없는 그 길

동네 한 바퀴 돌아보니 꽃 천국이다

김용희

히아신스

설 사흘 전
시들어 가는 꽃대 밑에
꽃 하나 올라오고 있다

시든 꽃대 잘라주며
설에는 꽃이 피면 좋을 텐데
기다리던 날들

설날 아침 눈에 들어오는
식탁 위
연분홍 히아신스의 미소
향기 그윽하게
온 집안을 흩뿌리고 있다

봄이 짧다

푸른 초여름
농 속에서 꽃 구경도 못 한 봄옷
내년을 기다려야 한다

여름이다
승낙도 없이 내 곁에
가까이 오고
시원한 여름옷 갈아입고 외출 준비 바쁘다

누구의 여름인가
산색은 예나 지금이나 변하지 않고
아무도 잡을 수 없는 여름

뜨거운 여름이다

김
용
희

089

호박꽃

버선발 모양 입 꼭 다물고 있는 씨
땅속에 심었더니 어느 날 비 내려
두 손 높이 들고 하늘을 보며
나뭇가지에 꼬불꼬불 제 줄기 감고 있다

오전 일곱 시 반이면 호박꽃 수없이 피어있고
기다리던 호박 매달려있다

장미보다 아름답고 작약보다 고운 모습
연노랑색 꽃 눈부시다 꽃 중의 꽃 여왕 꽃이다

옛날부터 내려오는 말
못생긴 여인을 호박 같다 하였으나

윤기 자르르 흐르는 호박 그 자태 뽐내고 있다
어느 열매에 비교하랴 아까워 따먹을 수 없는 너
황금빛 호박 주렁주렁 열렸다

쪽빛 바다

묵묵히 앞만 보고 산 세월
수없이 부서지는
파도만큼이나 많은 세월 보내고
이렇게 상념에 빠져 하염없이
바다를 본다.

눈 속에 물방울 맺히는 것은
보고픈 마음
침을 삼키는
지나간 세월 그리움 삼키는 것이다

소나무에 구름 살짝 걸쳐있는 배경
어찌 그리 바다와 잘 어울리는지
모래밭 밟으며 하염없이 걷고 있다

뒤돌아
볼 수 있는 바다

김용희

음악은 끝이 나고

마당 모퉁이 흙먼지 거미줄 깔고 앉아
가을 끌어안고 슬픈 목소리로 울고 있다

가족을 찾는 것인가
밤이면 너의 목소리 더욱 가슴 적시고
혼자 우는 외로움

나뭇잎 위 귀뚜라미
밤 연주회 준비 중
소프라노 소리 정겹다

음악은 끝이 나고 그들은 간 곳이 없다

도토리 하나

대로변 길가 위 무엇이
발 뿌리 툭 치고 지나간다
주워 보니 예쁘게 생긴 도토리
모양새를 보니 얼마나 발길에 차였는지
상처투성이 어쩌다 떠돌이 신세가 되어
여기까지 와 산에 오르지 않고 주웠으니
큰 수확이다
집에 데리고 와 깨끗이 씻어 놓으니
느릅나무 열매 깔고
그 자태 뽐내고 앉아있다
다홍빛 열매와 잘 어울리는 도토리
바라만 보아도 흐뭇하다

김용희

093

너와 집

부엌에 소가 사는 집
여물 끓이는 아낙네와 등에 업힌 손자
코흘리개 아기의
콧물에 젖어 반질반질한 엄마의 저고리

여물 써는 할아버지
누구의 승낙 받고 저토록 노인이 되셨을까
사계절 수없이 지나가기에 오늘이 있고
황금빛 가을 병들어갈 뿐 발걸음 재촉한다

야무지게 엮어놓은 너와 집 지붕 위에
이름 모를 새 한 마리
눈인사하고 제 발부리 쪼아 본다

치자꽃 뉴스

여름이 다 가려 하는데 치자꽃 소식이 없어
애타는 가슴만 녹는다

고춧잎 시들어 오후 세 시에 물 주고
고춧잎 살아났나 들여다보니
치자 꽃봉오리 올라오고 있다
2019년 8월 26일 월요일
오후 5시 42분 꽃봉오리 하얀 이마 내밀고 있다
    6시 12분 꽃송이 반쯤 피어나
    6시 30분 꽃 활짝 피었다

어머니 아버지 뵈온 듯
너무 반가워 어린아이모양 팔팔 뛴다
27일 오후 6시 또 하나의 꽃은 피고
올해의 수확은 두 송이 만족한다
작년에는 36개의 열매 따 풍년이었다

올해는 꽃봉오리가 많지 않아 내년을 기다린다

김용희

버려진 의자

벼르고 벼르다 장만한 의자
예쁘다고 반겨준 세월 먹고
오랜 세월 몸부림치며 늙었다

허물 벗겨지고 모양 보기 싫어
분리수거장에 버려진
아무도 반겨주지 않음 알기에
체념하는 마음 깊어만 가고

지나간 행복한 날들 생각하며
밤하늘 하염없이 바라보고
수없는 별 헤일 뿐이다

새 옷 입고
행복하게 살고 싶은 의자의 꿈

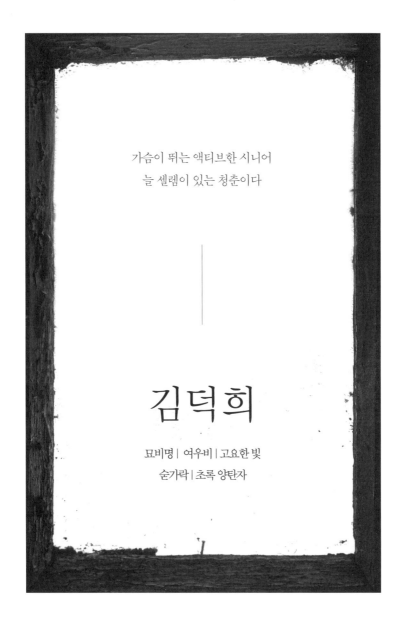

가슴이 뛰는 액티브한 시니어
늘 셀렘이 있는 청춘이다

김덕희

묘비명 | 여우비 | 고요한 빛

숟가락 | 초록 양탄자

PROFILE

완도 출생. 호수문학회원

묘비명

달이 아름답게 뜨는 섬 달도에서 태어나
찬란한 꿈을 향해 아름다웠고
온 세상 사랑하다
공수래 공수거 본향으로 간다네

여우비

여우비가 옵니다
여우가 시집가는 날
무지게 다리 건너 먼길 떠나네
고운 볼 여우
님 맞으러 일곱 병풍 속으로 간다네

세월의 구름
명주이불
포근한 단꿈
햇볕은 반짝
여우가 시집가는 날

김덕희

고요한 빛

잠결에
밤빛으로 물든 고요한 시간
네온의 불빛
잠 못 이루고 있다
홀로 외로이 비추는 불빛
누구를 위한 빛일까
누구를 기다리는 빛일까
어디까지 가려나
어디까지 닿을 수 있으려나
언제까지 볼 수 있으려나

온통 밤 빛으로 물든 고요의 시간
생명의 빛
희망의 빛
힘찬 빛으로 승화할 것이다

숟가락

호랑이 밥그릇
칠천만 개
우리 함께 밥 묵자

도보의 다리에 마주앉은 모습을 보며

김
덕
희

101

초록 양탄자

무더운 칠월 말 몇 달 전부터 짐을 챙기며 상상의 나래를 펴고, 거기에는 추울까 더울까 오두방정 떨며, 작년에 만났던 아이들은 건강히 잘 있겠지 하며, 학용품과 예쁜 머리삔 분홍색 머리띠 요술 방망이 들고 쌩쥐를 그려본 물총과 멋지게 입을 옷가지를 챙겨 인천 공항으로 향했다.

올해는 용인 청년들과 합류해서 출발하기로 했다. 청춘은 싱그럽다. 멋진 아이들과 비행기를 기다리는데 연착이 됐다. 그곳에 우박이 심해서 비행기가 뜨지 못한다는 연락이 왔다. 공항에서 밤새 기다리다, 결국 노숙자가 되고 말았다. 얇은 스카프 한 장으로 덮고 꼬박 날을 밝히었다. 신문지가 아닌 것만도 감사했다.

5시 비행기 탑승하고, 우리 일행은 몇 시간 후 펼쳐질 푸른 초원을 생각하며, 잠시 상상의 나래를 폈다. 열 번 가는 길이지만, 해마다 새롭다. 도착해서 부산하게 우리는 일정에 임했다. 드넓은 초원의 초록 양탄자를 타고, 첸젱터언을 향해 하늘을 보고, 꿈을 향해 구름을 타고,

잠시 신선이 되어본다 초원을 달리면 길이 된 척박한

땅. 길을 만들어 그림을 그리며 달린다 멀리 달려서 온
천이 나오는 쳉헤르가 있다. 마음을 다듬고 저녁이면
별이 아름다운 곳. 세상에서 제일. 별들의 노래와 함께
춤을 추러 가는 길이다. 초록 양탄자를 타고 가고 있다
금방이라도 사운드 오브 뮤직을 부르며 줄리 앤드류
스 님이 나올 것만 같은 풍경 속에서 초록 양탄자가 깔
려 있고, 작은 꽃들은 합창을 하고, 우리를 부르는 곳
이다. 행복하다를 외치고 있을 때 꿈을 향해 달려 줄
기사가 대기 중이다. 말과 게르를 뒤로하고 희망 샘으
로 돌아왔다.

기다리고 있는 까만 눈동자 반짝이는 눈 안아주고
기도하고 그들과 행복한 시간을 보내고. 가지고 온 선
물 나누며 청년들은 몸으로 이야기를 하며 젊음의 노
래가. 부럽다 젊음이. 다시 만날 날을 기약하며 아쉬운
여정을 마치고 우리는 비행기에 올랐다

얼음 끝처럼 날카로운 무언,

그 언저리에 물결처럼 번지는

그린 라이트

이란자

묘비명 | 그림자 | 그린 사람 | 나목 | 벽 | 잠깐 앉았다 가세요

전시회 | 첫눈 | 회상 | 칠월 | 한식날

P R O F I L E

전주 출생. 계간 『문파』 신인상 당선 등단. 문파운영이사. 호수문학회회 회원.

공저 『열한 개의 페르소나』 외 다수.

묘비명

한 송이 하얀
구름으로 피어나
구름처럼 살다
한자락 구름으로
이곳에 머물다.

그림자

공간을 채우며 돋아나는
햇빛에 젖은 풀잎 그림자

시간을 돌고 돌아
밀물처럼 흔들리는 잔상
춤을 춘다

반짝이는 이슬처럼
뒤돌아서면 떠나버리는
크고 작은 무채색
침묵의 실루엣

빨리 사라지는 것들은 슬프다
발자욱의 메아리처럼

그런 사람

요지 하나 꺼내다 바닥에 놓쳤다

주으려 하니 아득하다

모래알 담듯 주워 제자리에 갖다 놓는 사람

뒷모습 가만히 바라본다

사내 아이처럼 덤벙거리는 나

가랑잎에 불 붙는다는 내 성격

마음 상한 적 얼마나 많았을까

멀리 보이는 산처럼 묵묵히 기다려 주고

받아내주는 내 삶의 지렛대 같은 사람

한때, 세상 모든 이들 이 사람에게 등 돌렸을 때

이
란
자

107

나에게는 변함없는 믿음을 주었던 그런 사람

심장 깊은 곳에서 올라오는 큰 울림

침묵 속에 지켜보며

칼바람에도 창창한 정월 하늘을 바라본다.

나목

황홀하게 춤추던 나뭇 잎새

미련 없이 떨구고

줄기 하나 흐트름 없이 일렬로

나란히 서 있다

기나긴 일정를 끝낸 속 깊은 올곧음

나목들을 바라보니

물먹은 솜처럼 무겁던 내 마음

한오라기 새털처럼 가볍다

두 팔을 길게 뻗어 하늘을 만져보며

깊고 깊은 푸른 숨을 길어 올린다

비움 , 새로움의 태동

바위보다 단단한 나무둥지 안엔

하얀 씨앗 솔솔 피고 있다.

벽

여지 없이 하얗다
스륵륵 무너지는 소리
스치는 눈,
빛의 속도로 온몸을 스캔한다
방사선보다 빠른 몇백만 개로
누구라도 볼수 없는
얼음 끝처럼 날카로운 무 언
그 언저리에
물결처럼 번지는 온화한 미소
어깨의 무거운 짐 무너진다
모서리진 마음 풀어 놓고
아픈지도 모르는 아픔은
흰색 가운 옆에 앉혀 놓는다
프레임이 가져온
그것은 무엇일까?
비우고 비워내며
더 큰것을 바라봐야 할 시선의 방향
낯설고 어두운 창가에도
눈부신 아침 햇살은 돋아난다.

이란자

111

잠깐 앉았다 가세요

아파트 공사 울타리 밑

하얀 길 실타래처럼 누워있다

나무의자 두 개 긴 목을 내밀고

담벼락 벽화 꽃, 나무잎 시들 줄 모른다

평생 달려온 다리 접고

달리는 자동차들 스쳐보며

지난 옛 시간들 나란히 앉아

잔잔한 위로 그리움을 말린다

살아서도 죽어서도

온몸을 기꺼이 내어주는 따스함

한때의 파아란 가슴 여울 속에 흘려 보내고

누구라도 기다려 주는 하얀 발등의 의자

전시회

새 옷 갈아입은
가슴에 품었던 '목련' 시
자음 모음의 지느러미
잔잔한 리듬,
숨결이 움틀거린다

푸르고 맑았던 이른 봄날
수줍게 고개 내밀어
조그만
틈새로 바라보았던 새로운 세상

초가을의
눈부신 햇살 받으며
하얗게 피어있는 한송이 꽃.

이
란
자

113

첫눈

잠든 사이

첫눈이 살포시 쌓여

아침부터 가슴이 환해집니다

창문을 활짝 여니

목화꽃 송이가 사이좋게

소곤대며 내려앉고 있습니다

봄에 꽃이 피는 것도 좋지만

첫눈이 내리는 날은

첫 아기를 바라보는 새댁의 눈길처럼

포근합니다

입가엔 정겨운 미소가 번집니다

새벽부터 강아지가 짖어대더니

눈이 와서 그랬나 봅니다

오늘은 눈이 시리도록

첫눈을 맞이해야겠습니다.

이
란
자

회상

빛바랜 사진
바람도 잔잔해진 앙상한 세월
물비늘처럼 흔들리는 눈빛
마른 논바닥처럼 쩍쩍 갈라진 손등
얼룩진 마음결 헤집고 돋보기를 찾아든다
가슴 뛰었던
초록색 보리순 같던 삼 남매 얼굴, 목소리,
파노라마 되어 뇌리에 스친다
오월 푸른 잎 위에
후두둑 후두둑 비 돋는 소리같이
뽀오얗게 피어나는 뭉게구름처럼
어린 자식들과 뒤엉켜 꾸었던 수많은 꿈들
파아란 바닷속을 헤엄치는 물고기처럼
퍼덕거렸던 심장 소리 들려주고 싶어
골진 사진 자락 가지런히 펴
꿈에 젖어 살아가는 중년의
어린 자식들에 띄워 보낸다.

칠월

뉴타운 지역
삶의 자국을 뒤덮은 황포자락
파도처럼 출렁거린다
포크레인 비명소리에
엄마 품속 같던 촉촉했던 대지
장마철 물길처럼 갈라지고
돌담처럼 차곡차곡 쌓인 삶의 조각들
메아리친다
물방울처럼 여린 열매 풀 한 포기
버려진 길가에 머뭇거리고
아무것도 아닌 듯 휘몰아치는 흙더미
한 장 한 장 페이지을 넘긴다
물이 흐르듯 떠나가는 시간 속에
쓸쓸한 그림자 가라앉고
목까지 차오르는 눈보라 치는 칠월
흐름을 벗어난 허공 속에서
나는 나를 망각한다.

이란자

한식날

진달래꽃

산야에 듬성듬성 피는 날

봄비 내려오는 하늘 먼길

뒤도 안 보고 가시더니

봄날의 햇살 따스한 바람

치맛자락에 가득 담고

보랏빛 향기 따라 산마루에 오셨다

산그늘은 다정하게 마을을 품고

목련꽃처럼 하얀 구름

한나절 쉬어가는 사월의 봄날

구비구비 산자락에 스며든

어머니 미소 한가득

나이 듦에 따라 나의 시어들도
함께 깊어져 가기를…

정수안

묘비명 | 빨래 | 치매 | 아버지의 다림질 | 옥탑방 노동자
정발산 트레킹 | 시한부 | 프레임 | 해돋이 | 만리포 해변
법성포 보리굴비

P R O F I L E

서울 출생. 호수문학 회원.

묘비명

남편 윤상현, 아들 윤승환, 딸 윤초아

이 세상에 나그네로 와서 그대들과 함께

꿈꾸며 살아 온 아련한 세월들

그윽한 마음으로 되새겨봅니다

당신들과 함께여서 나는 참 행복했습니다

빨래

적셔드는 비누 거품에

묵은 사연들이 녹아들고 있다

삶에서 묻어난 궤적들을 헹구어

말간 햇살에 말려내는, 그 상쾌함

난 오늘도 뽀득거리는 새 삶을 펼쳐 널고 있다

치매

삶에서 번져 나온 상념들이 수세미같이 엉켜

머릿속을 조여 온다.

생각이 생각에 꼬리를 물다 갈피를 잃고 헤매고 있다.

팍팍해져 가는 뇌의 골수, 증발해 버리는 기억들

빛바랜 사진첩을 보며 추억들을 소환해 보지만

엄마의 기억들은 영영 맞춰질 수 없는 퍼즐이다.

아버지의 다림질

꼬깃한 삶의 질곡이 담긴 옷가지를 펼쳐 놓고
구겨져 버린 삶을 찬찬히 펴시던 아버지
굽은 등허리엔 아픔 같은 슬픔이 흐르고 있었지

혈혈단신 자유 찾아 월남하던 길목에서
차마 놓을 수 없어 머뭇거렸던,
아버진 다림질을 하시며 두고 온 피붙이들을 향한
절절한 그리움을 펴고 계셨던 것일까

주말마다 의식같이 치러지던 아버지의 다림질
아버지의 묵묵한 손의 움직임을 따라 시선을 좇으며
조용히 곁을 지키고 앉아 있던 어린 소녀
그 소녀 이순(耳順)을 바라고 나서야 아버지의 다림질엔
간절한 소망하나 담겨 있었음을 알게 되었지

옥탑 방 노동자

동 터 오르는 새벽
인간 시장이 열리고 있다.

택함 받기를 갈망하며 뻐끔거리는 담배 연기 자욱한
골목 어귀, 오늘도 하루 벌어 하루를 버텨야 하는
날품팔이 인생들의 희비가 엇갈린다

선택받지 못한 자의 어깨엔 비애가 얹히고
발등 위론 긴 한숨이 무겁게 주저앉는다

비좁은 계단을 돌고 돌아 하늘과 맞닿은 곳
희뿌연 유리창 앞 서성이는 달빛조차 서러웁다

뭉뚝 잘린 손가락 몇 푼 안 되는 종이쪽과 맞바꾸고
아려오는 가슴에 이기지도 못할 소주를 붓고 있다

창틀엔 몸을 내던진
하루살이들의 사체만 쌓여가고.

정발산 트레킹

나뭇잎 사이사이
빗살같이 부어지던 햇살은
언덕 넘어 마실 떠나고

안개처럼 흩뿌려지넌 이슬비
마른 꽃잎을 축이고 있다

생명을 잉태한 숲의 황톳빛 모정은
지저귀는 새들의 노래로 태교 중,

숲의 속살 드러낸 오솔길마다
피어오르던 싱그런 흙 내음

산길 오르는 길 나그네들의
오감을 활짝 열고 있다

시한부

거친 호흡에 쌓인 엄마의 목소리가 전화선을 타고 흔들린다.
아부지 많이 아파

진찰을 마친 의사의 무덤덤한 표정 틈새로
스쳐 지나가는 무기력감
남은 시간은 2개월 정도라 했다

하얘지던 머릿속, 매달리는 엄마의 눈빛
멍멍해지던 청각 저 너머 메아리처럼 들려오던
추억 속으로 도망치듯 빠져들기 시작한다

주말마다 아버지와 함께 걷던 남산 언덕 길
아버지의 보물1호 케논 카메라는 7살 나를 향해 연신 셔터가
눌러지고 단정히 양복 정장을 차려 입으셨던 아버지의 얼굴엔
홍건한 미소가 번져난다

배 속에 찬 복수만 빼내면 괜찮은 거지
아련한 추억 속을 맴돌고 있던 나를 깨운 아버지의 음성
간절한 희망을 구하고 계셨다.

병원에서도 희망을 놓아버린 삶

아버진 더도 아닌 2개월만 채우시고 삶을 놓으셨다

92년 3월 5일, 운명은 그렇게 아버지와 나 사이를 갈

라놓고

프레임

같은 방향을 바라보았지만
각각의 초점렌즈는
각기 다른 세상을 말하고 있었지

각양의 색채와 모양을 가진,
해석의 틀에 갇힌 채
서로를 비난하며
다른 길을 걷고 말았어

세월 지나, 먼 훗날
회색 머릿결 바람 스치던 날에
깨달았어
그랬구나, 그랬었구나

이제야
나와 다른 방향에 섰던 그에게
이야기했지
당신도 틀린 게 아니었다고.

해돋이

적막한 흑야, 태양을 잉태한 천지는 밤새 진통을 삭
여내고

금빛 서광 하늘에 적셔들 때, 천지의 자궁이 열린다

출렁이는 수평선 푸른 양수 가르며 하늘 밀어 올리
는 붉은 핏덩이

어둠을 밝히며 생명들의 열망이 솟아오르고 있다

만리포 해변

깊은 바다로 마실 나갔던 썰물, 저녁 밀물 때면
품 속 가득 낙지며 굴이며 조개를 품고 들어와
바위 틈과 모래 속에 가만히 묻어 놓고 떠나는 새벽녘

바닷가 아낙네들은 바구니와 연장을 하나씩 챙겨들고
바다가 숨겨놓고 간 보물찾기에 열을 올리고

저녁 무렵, 지는 해에서 흘러나온 낙조에 하늘이
발갛게 물들어 갈 때면, 괜시리 마음에 그리움 하나
번져 가슴을 붉게 물들이곤 하지

깊은 어둠이 내린 밤, 바다는 갯바위를 향해 찰랑이며
구애를 하지만 반짝이는 별빛에 마음을 빼앗긴 갯바위
는 하늘만 바라고 있네

법성포 보리굴비

　햇살 말갛게 쏟아지던 가게 앞, 건조대에 널려 햇살 만끽하던 조기, 물올랐던 몸통 구석구석 법성포 갯바람이 들락이고 있다. 짭조름한 소금기 머금은 살점들이 꾸득꾸득 말려져 굴비가 되던 날, 통보리 가득 담긴 항아리 속 깊숙이 파고들었다. 몸에 밴 비린내 빼내고 구수한 보리 향 온몸으로 받아들이며 숙성기간 내내 신분 상승 꿈꾸던 굴비, 드디어 보리굴비라는 새 이름 얻고 인간들의 밥상에서 귀한 대접 받는 신분이 되었다. 시원한 녹차 물에 밥 말아 숙성된 보리굴비 한 점 밥 위에 얹었다. 목을 넘기기도 전 가슴 짠하게 떠오르던 한 사람. 살아 계셨으면 한상 가득 보리굴비 정식 대접해 드리고 싶은

아
버
지

문학, 나를 찾아나선 꿈길이다.

원경숙

묘비명 | 업 | 흑심 | 골목의 끝 | 현실 | 재채기 | 낯선 길
나무 | 분꽃 | 갈증 | 無의 시간 | 술래

묘비명

여기 나무를 좋아하고 시를 좋아했던
사람 잠들다
순수하고 아름답게 살면서 시를
쓰고 싶었던 마음 표현들 남겨두고
느티나무 아래 조용히 들꽃으로 피어
머물고 있다

원경숙

업

- 영화 <기생충>을 보고

푸르른 오월 넓은 정원
겉치레 속 웃고 떠들며 행복해
보인다

행복 속에 행하는 모든 것이
그림자를 드리우며 따라온
어두운 자화상

마냥 행복해서 슬픔은 모를 것 같던
일상은 그림자로 인해 한순간 사라지고
아수라장이 된다

지옥 같은 광경이 춤추듯 현란한
핏빛 공간을 그려놓고 사라져 버렸다

시간은 모든 것을 잊게 하고 태연한
일상이 또다시 시작된다

일상의 행하는 그림자와 함께

흑심

노오란 긴 연필 속 흑심은
마음에 온갖 세상 그려줍니다

흰 종이 위에 활화산처럼
타오르는 마음 그려주고

추위 속에 핀 봉숭아 꽃잎 위에
사뿐히 내려 앉은 벌 한 마리

분홍빛 도화꽃 속에 물들어
함께 사랑하는 연인의 모습
그려줍니다

연필 속 심지 되어 사랑하는
그대 모습 맘껏 그려보고 싶다

원경숙

골목의 끝

비 내리는 시장 골목길
사내가 어깨에 짐을 매고
무거운 발 걸음을 옮긴다

빗물인지 고단함에서 묻어나는 땀인지 알 수 없는
물기가 사내의 얼굴을 지나
목을 타고 흘러내린다

더 빠른 걸음 재촉하는
몸뚱이에 전해지는 무게가
힘겨운 듯 어깨 들썩인다

골목 끝 비는 그치고
사내의 옷은 흠뻑 젖어 있다

사내가 떠난 골목 끝에선
퀴퀴한 쉰내가 바람에
이리저리 끌려다닌다

현실

많은 군중 속 눈에 띄는 이가 있다
뭔가 불안한 듯한 표정 속 아스스한 기운이
느껴지고 사방은 온통 회색 공간

낮은 천정은 폐소 공포증을 일으킨다
두려움으로 웅크린 몸짓엔 슬픔의 눈물

각자의 세계에 고립된 많은 군중들
텅 비고 무표정한 얼굴로 이 시공간 지나
의미 없는 걸음 옮기고 있다

불안한 상태에서 이들 바라보며
꿈과 현실의 괴리 속 두려움은
분노로 살아나 세상에 토해낸다

원경숙

재채기

습관처럼 기다린다 시간이 더디게 흐른다

시간 넘어 그곳의 시간은 어떻게 흐르고 있을까

그리움이 저녁 노을에 걸려 재채기한다

재채기 소리 그곳까지 들렸나 보다

반가움에 마음 내주고 살포시 미소 짓는다

낯선 길

힘없이
길을 가다 멈추고 쇼윈도 거울 본다
거울 속 표정 없는 저 여인

낯익은 듯 싶다가 낯설다
아득한 기억 속 활짝 웃는 얼굴로 다가온다

잠시 후

웃는 얼굴 서서히 멀어지고
감정 없는 얼굴 다가와 나를 바라본다

나는 낯설어 괜시리 웃어준다
그녀도 나를 보고 웃어준다

가던 길 계속 간다
발걸음에 힘을 주고 힘차게
걷던 길 아닌 새로운 길로

그녀도 나를 따라 걷는다

나무

어둠이 아직 떠나지 않은 시간
농부의 아침을 여는 늙은 얼굴

밤새 텅 빈 내장에 보약인 듯
고된 하루 버틸 검은 각성제
한 사발 쏟아 넣는다

쭈글해지고 거친 손으로 거적 같은
입성* 챙겨 입고 싸리문 나서는 뒷모습

여름날 풍성한 그늘 만들어주고
바람 주던 산처럼 큰 나무 어디가고

겨울 바람 속 이파리가 다 떨어지고
앙상한 가지뿐인 작은 나무

바라보는 마음 바람이 시리다

---

* 옷을 속되게 이르는 말

분꽃

뜨거운 여름날이면 울 집 작은 마당에 피어있는 분꽃
엄마 생각에 어느 해인가 심었던 꽃이 이듬해부터 엄마의
사랑처럼 많은 싹을 틔웠다

거친 농사일에 고단한 하루를 보내는
엄마의 장독대 앞에는 분꽃, 채송화, 멘드라미
꽃들이 피어 있었다

엄마는 저 꽃들 중 분꽃을 좋아한단다
꽃잎이 오무라들 때면 보리 삶을 시간이다

저녁 할 시간 알려주는 분꽃이 왜 그리 좋으셨을까

봄이면 농사일에 바빠도 꽃을 심던 엄마
시간이 흐른 뒤 알았다 꽃을 많이 좋아
하셨다는 것을

나의 작은 마당에 그때의 꽃들이 있다
그 앞에 무언가를 꿈꾸는 소녀 같던 한 여인을
만난다

원
경
숙

갈증

에메랄드빛 가득한 수평선과
붉은 태양이 잠드는 지평선이
맞닿은 존재하지 않는 그곳

당신과 내가 서 있네요

서로 닿지 않을 것 같은 어려운
삶의 시간 속 단 한 번의 교차점
흘려보내지 않고 맺은 인연

삶의 고단함과 공허 속에 서로 의지하며
살아가지만 마음 한켠에
남아있는 쓰디쓴 갈증

無의 시간

멀리 보이는 에메랄드빛 바다로부터 밀려와
하얗게 부서지는 신기루 같은 파도

존재하는 시간 속 신기루처럼 잡히지 않을 무언가를
움켜잡고 놓지 못하고 방황하고 있다

구름 같은 흰 파도의 끝처럼 부서지고
흩어져 사라져 버릴 것을 알면서도
움켜잡고 놓지 못한다

파도 위 힘겹게 몸 지탱하며 쾌락을
즐기는 사람들처럼 지금의 시간 속에
스스로 갇혀서 나오지 못한다

이젠
깨지고 부서져 흩어져 버리는 파도
움켜잡은 것을 놓아 버리고 아무것도
존재하지 않는 시간으로 가고 싶다

술래

시월 가을 하늘
아름다운 코스모스
그림으로 다가오네

화려함과 향기 없어
오히려 순수한 그대

소리 없는 몸짓으로
지나는 바람 유혹하듯
꽃잎 떨군다

떨어진 꽃잎 바람 따라
알록달록 단풍 속으로
제 몸 숨긴다

단풍 아래 술래
옛날 그리움 찾아
타는 가슴 적신다

한윤희
박서양
홍승애
부성철

채재현
조영숙
김용희
김덕희

이란자
정수안
원경숙

채우지
못한